AF620162

COUDRIN– l'enfant noir

LES JUMEAUX BOSSEUX ET LES 4 JUMEAUX MALÉFIQUE ADOPTION DES NEVEUX ET NIÈCE

CHAPITRE 1 TRAVAILLE À L' AUBERGE DES JUMEAUX BOSSEUX

ALLEE debout p'tit
diable numéro 2
oui aujourd'hui tu
a le droit de venir
travaille à l'auberge
pas contre tu
va a la douche avant
et tu pourra allée
jouer avec les
borne d'arcade
cette après-midi
tous dépend ci
tu aura fini
ton travaille à temps
ALLEE a la dourche
en plus ta pas
de chance on
et 2 ce martin
a s'occuper de
toi et oui dont
tu échappera pas
au suppositoire
pour ado allée
a la douche.
25 minutes plus tard
HOP ET voila il
et rentrée en tous
cas tu a la paix
pour la journée
allée direction
l'auberge tu déjeune
avec l'équipe
LES 4 JUMEAUX
MALÉFIQUE dont
pas la peine
de traînée GHROUM OUFF
pas oui on ce
fait vieux allée
on te laisse déjeuner
avec l'équipe LES 4 JUMEAUX MALLÉFISK.

CHAPITRE 2 PETIT DÉJEUNER AVEC L'ÉQUIPE LES 4 JUMEAUX MALÉFIQUES

ALLEE debout LES 4 JUMEAUX MALÉFIQUE
OUI allée les gro dormeur p'tit
diable numéro 2 vous attend
pour ces rapport séxuelles
DÉJÀ allée on iva mercie
les 2 JUMEAUX BOSSEUX
IL va avoir mal au fion
mais il aime qu'on s'occupe
de lui.SUR TOUS a ce niveaux la
Alphonse.OUI Edouar
LES JUMEAUX BOSSEUX
son demandé d'urgence
a la réception urgence
prioritaire.VOUS s'étre
obligé de faires sa
les résponsable arrive
vous verais aver
eux pour ce que
vous avez fait
RIEN pendant + de
35 ans vous s'étre
partie en voyage.
ont a fini dans cette
unité médical.STOP
Allan et Lucas on
s'occupe de ce
problème disposé
Quentin et Alex ça fait
1 bails 36 ans que vous
les vous maintenant.
RIEN on na 1 cancer
on est en phase terminal
et on voudrait savoir
si vous pouvez prendre
nos 2 filles et 4 garçons
en charge BEURK Merde.
C'est bon ça surprend
mais c'est temporaire
L' AIDE SOCIALE À L'ENFANT
et plus habilité ils
sont en manque de
moyen et effective
incit que de locaux.
NON viens la toi encore
pleins de chocolat
autour de la bouche.
C'est qui celle la
C'est notre fils et

contrairemment a
vous 2 je n'ai aucun
regrets maintenant
foutez le camp et pour
infor on ne travaille
pas à L AIDE SOCIALE À L'ENFANT
Dehors disparaisse
SI on pars c'est
définitive CE né
pas 1 perte.

CHAPITRE 3 BORNE D'ARCADE

LES 4 JUMEAUX MALÉFIQUE
allée jouer avec les borne
d'arcades p'tit diable
numéro 2 vous rejoins dans
de 25 minutes.OK PAS 1 mot
a MAMAN et PÈRE
de ce qui c'est passée
j'espère bien me
faites entendre oui
Edouard.ALLEE vient p'tit
diable numéro 2 HOP AYY RESPIRE
voilà ta couche et changé
pas contre pas de comédie et
oui pour les rapport
séxuélles allée va joué.
EN tous cas vous
ni être pas allée
de mains morte
avec Quentin et Alex
pour info je suis
connecté en wifi
ont a tous entendu
c'est parfait vous
avait bien évolué
et sur tous vous n'ave
pas cédé pas contre
a l'avenir tachés
de ne pas perturber
p'tit diable numéro 2
OUI MAMAN mais comment
ce fait t'il que tu et
pas intervenu ni toi
ou père MERCIE pour
le service que vous
nous aver rendu

vous avez dit la vérité
au p'tit diable
numéro 2 concernant
les p'tit diable
numéro 1 et 3 allor
on et quitte pas
contre à l'avenir marchés
de vérifier qu'il ne
sois pas connecté
en wifi.OUI MAMAN

CHAPITRE 4 VISITE DE P' TIT DIABLE NUMERO 1 ET 3

GHROUM BONJOUR LES 4 JUMEAUX
MALÉFIQUES.Tien des revenant
alor sa fait quoi d'être pére et
de garder ces mômes à temps
complète TU bien mais on dois
vous dit mercie sur le fait
que vous étre porté garant
pour l'appartement de
location.L'équipe les JUMEAUX
BOSSEUX on financé
l'autre moitié pas contre
on espère que vous
continué vaux traitement
a base de plantes
et d'hypnose.OUI
on échappe pas
a mamie FUSION
elle et d'ailleur
avec l'équipe PALAUD
celles de l'hôtel
et l'auberge on
dort la-bas ce
soir en tous cas
ça fait plaisir
de vous avoir vu.
VOUS s'étre
attendu tous les
2 dans la salle
de borne d'arcade.
OK A PLUS.
WOUAH les nouvelles borne
ET sur tous qu'ont et
la aussie allor vous
s'être enfin arrivé
depuis le temps

qu'on attend certe
fameuse partie
de borne d'arcade.
PAR contre on
vous prévien p'tit
diable numéro 2
reste sur nos genoux
et il part à la
sieste dans 45 minutes.

CHAPITRE 5 HÔPITAL

BONJOUR j'ai rdv
a la chambre 450 oui
voici le badge gardien
vous accompagner
mr a la chambre
450 il est attendu
OK suivez moi je
vous pris
qu'elle que minutes plus tard
VOILÀ bonne journée
mr mercier bonjour
Voici les papiers a
remplires et voici
les 5 enfants que
vous devez récupérer
votre frère et son mari
son dcd certe nuit
a minuit et à 2h ce
martin L' AIDE SOCIALE À L'ENFANT
et passée ils vienne
les récupéré dans
moin de 8 minutes
je suis dans le bureau
au fond du couloir
MERCIE MAMAN vien
a moi GHROUM PÈRE
GHROUM MÈRE les
5 la GHROUM
GROUHM OUFF sa
fait du bien d'être
dans l'auberge en tous cas.
BON vaux 5 neveux
et nièces sont dans
les chambres 2 et
4 ils et elles passe
au examen medicals

LK et mamie FUSSION
s'occupe d'elles et
d'eux mercie de nous
avoir appelle quant
vous avez un besoin
de nous.LES 4 jumeaux
maléfiques vous
ne travaillerais plus
les après-midi vous
aver vaux nice
et neveux a gardés
bien entendu p'tit
diable reste à la
sieste de 13h30 à
14h10 vous gardé
vaux semaines
de vacance pas
contre pas de
vacance de pâques
et de toussaint
en contrepartie vous
gardés les vacances de noël.

CHAPITRE 6 PLAGE DU FOZO

GHROUM NON p'tit
diable numéro 2 tu
reste dans mes
bras et tu de tien
tranquille regard
ce sont des neveux
et nièce qui vont
allée faires des
châteaux de sables
alor pas de comédie

(MAMAN MAMAN
NON NON)

Pas de
comédie

(MAMAN
MAMAME MAMAME)

PÈRE GHROUM Bon
tans pis pour lui allée
faires des châteaux

de sables on arrive.
LES MERDE mais que vous et t'il
MAMAN GHROUM OU LA a
oui ils sont de l'encrenoir
en eux mais dit-moi aver
qui vous avez dormi hein.
JE ne comprend pas
elles et ils avaient leurs
propre chambre et
l'interdiction de s'approcher
de p'tit diable numéro 2
Elle est atteinte d'endométriose.
JE comprend mieux
maintenant c'est
p'tit diable numéro 2
il produit des anticorps
qui peut facilement
transport et en
donné à n'importe
qui.LES jumeaux
bosseux ne font
pas être très content
A MUDOUME et
en train de leurs
explique ce que
c'est l'endométriose
je suis ravie que
p'tit diable numéro 2
vous ai donné des
anti-virus au moin
vous allez pouvoir
faires des bébés
et mêmes fondé
des famille.A ce
point la mére.ET
oui cette saloperie
pouilles les trompes
des femmes ce qui
sert à faires des
gosses dont je suis
très fiers que p'tit diable
numéro 2 a réglés
ce problème certe
on récupère p'tit diable
numéro 2 pour 4 jours
il va être puni mais
o moin votre frère
a pris 1 excellent décision

GHROUM MAMAN CHUUUUT
allée endort toi et
en plus tu a le droit
de dormir sur la
plage mais je
te prévient pas
de château de
sables o moin au
début MAMAN

RONFLE RONFLE RONFLE.

CHAPITRE 7 soirée pizza

RONFLE RONFLE RONFLE
RONFLE RONFLE RONFLE

ALLEE debout gro
dormeur allée c'est
l'heure de la soirée
pizza pas oui il faut
bien que tu mange
allée dans mes
bras mon chérie pas
oui il et l'heure
de mangé.NON tu
et toujour punir de jeux
vidéo et oui malheureusement
et cette nuit je
dors encore avec
toi et en plus c'est
moi qui dois m'occuper
de ta vidange en prime
mais je te prévien pas
de suppositoire ordre
de Allan et Lucas
c'est eux qui s'occupe
de cette affaire
et avec toi dont
tu verra ça avec eux
pour cette histoire
de suppositoire.Alor
vous venez attend
p'tit diable numéro 2
regard moi dans
les yeux bon on
iva allée assis toi
sur mes genoux en

tous cas.BON les
gars ce soir c'est
que des marguerita
et oui en ce moment
les pizza on mauvais
réputation dont
elles viennent des
grande surfaces dont
très peu de chance
qu'elle contienne
des bactéries.VOILA
sa fait 2 pizza pas
personne hormis
p'tit diable numéro 2
il a des pâtes et 1
pizza et les gars après
sa vidange vous lui
inséré 1 suppositoire adulte.

(NON NON NON NON NON)

RESPIRE p'tit diable numéro 2

(NON NON NON GHROUM)

Pas il et partie ou Bonne question
EQUIPE ENCRENOIR Plouff
que c'est GHROUM

(MAMAN
MAMAN CHUUUUUT)

Allée
dans mes bras alor sa
ce passe super mal
tes vacance (MAMAN) c'est
bon j'ai compris pas
contre tu passe a
la vidange et je pense
que MAMAN et PÈRE.
IL fait quoi ici p'tit
diable numéro 2 hein
Je pense qu'il veut
passée 1 peu de
temps avec nous
PERE l'équipe ANGE NOIR
et l'équipe ENCRENOIR

PAS de problème
mais il faut que tu
le vidange rapidement
OUI PÈRE allée a
4 pattes p'tit diable
numéro 2 PLOUFFFF
PFFF VOILA respire
pas contre ce soir
dodo dans moin
de 15 minutes et d'aura
1 biberon de chocolat noir.
(MAMAN MAMAN) A il
et revenu de ces
vacance hein p'tit diable
numéro 2 mais tu
ne devais pas revenir
la semaines prochaine
en tous cas ravie
que tu sois revenu.
BON les gars je
vous dit bonne
nuit a demain il
reste avec vous
toutes la nuit
j'envois 1 message
a ALPHONSE et
C'est une bonne nuit.
VOILA p'tit diable
numéro 2 tu peu
de levé pas contre
grand ANGE NOIR
je te laisse ces
3 autres anus il
a besoin d'être
débouché je vais
m'occuper de lui
lavés les dents
allée ouvre la
bourche p'tit
diable numéro 2.

CHAPITRE 8 plage du fozo

GHROUM allée vien
on va faires des
châteaux de sable
pas contre je
te prévien que

la semaines prochaine
tu va dans l'équipe
ANGEVIN pas oui
il faut bien que
tu aille en vacance
aussie avec les
autres équipes
et PÈRE a dit que
ce soir tu a des
raport séxuélles
et non tu aura
1 biberon de lait
a la vanille pas
oui ce soir tu
va dégusté mais
o moin on sera 8 contre toi .
MAIS grand frère
pourquoi les autres
équipes sont super
durs avec moi toi
et les ANGE NOIR
vous s'étre les seuils
à être génial aver
moi GHROUM a les
jumeaux encrenoir
on vient vous aider
a faires des châteaux
de sables ont à
fini et en plus PÈRE
et MÈRE on dit
qu'ont dois profité
de p'tit diable numéro 2
allor que fait tu
demain p'tit diable
numéro 2 oui tu
vien a la plage
du fozo mais tu
et au courant qu'on
t'accompagne à partir
de 16 h et d'ailleur
tu et o courant que
les équipes RESPIRE
aller vien on va dans
l'eau si tu et
entraîneur de t'énerver
allée on iva et puis
de toutes façons les autres équipes
te garderont que

les matinée et
oui voila la surprise
du chefs désolé
de t'avoir inquiété
mais c'est la seul
bonne nouvelles
qu'ont pouvais de
donnée et pour
les dernières infor
les autres équipes
sont énervé après
tes 2 frères et oui
ils sont pris l'habitude
d'allée dans les
autres équipes sans
prendre des boites
de préservatif dont
forcement ça
rales dans les
autres équipes.

CHAPITRE 9 GLACÉS À LA PLAGE DU FOZO

allée vient p'tit diable numéro 2
tu va aller retrouver
des neveux et nièces
a la plage du fozo
NON on et que toi
mon équipes les
ENCRENOIR et l'équipe
ANGE NOIR pas oui
on ne peu délaissé
sans surveillance
ordre de PÈRE et MAMAN
et on na LK qui et
aussie sur la plage
pas oui il faut que
tu vois avec elle
pour tes nouveaux
médicalement et
les nouvelles dosse
dont pas de bétisse
ALOR comment sa
va les équipes ANGE NOIR
et ENCRENOIR allée
vient la p'tit diable
numéro 2 bon je te
présente les nouvelles

plantes qui devrait
d'aider à mieux de
maîtrisé pas contre
pas de comédie
certe elles font au
début 1 peu mal
mais que au début
en tous cas tu
ne devrais pas avoir
trop mal en tous cas.
PAS contre il ya 1
changement de programme
p'tit diable numéro 2 la
dernière crisse que tu
a fait tu dors cette nuit avec l'équipe
ENCRENOIR cependant relation
séxuélles sans présérvatif et
oui les équipe ENCRENOIR
et ANGE NOIR vous allée enfin
pouvoir vous amuser 1 peu
avec lui en tous cas dépensé
vous a fond pas graves
ci les draps sont sales sa na
pas la moindre importance.

CHAPITRE 10 PARTIE SUR RECALBOX

ALLES p'tit diable numéro 2
on na que ce martin pour
jouer a la DREAMCAST allée
on va pas contre je
te prévien je te change
la couche pas contre
pas de comédie et
de crisse colérique
on na que 2 manettes
pas oui j'en ai pas u
le temps de réparer
les autres manettes

5 heures plus tard

DEBOUT p'tit diable
numéro 2 pas oui
on dois aller travailler
il est midi on
commence a 14 heure
mais on na que

1 heures pour ce
préparé ils faut
qu'on soit en
avance la dérnier
fois on était arrivé
en retard dont
essayez d'arriver
a l'heure.LES gars bonne
nouvelles vous s'étre en
congé cette après-midi
pas contre vous allée
a la plage et oui vous
avec les yeux défoncé
vous avez joué à la
dreamcast aver sony
allée a la plage on
vous remplace aver
la borne d'arcade
MERCIER ALPHONSE.
Allan prend p'tit
diable numéro 2 pas
contre je te laisse
lui changer sa couche
avant le départ a
la plage.

CHAPITRE 11 futur appartement de p'tit diable numéro 2

GHROUM bon p'tit diable
numéro 2 tu reste ici
je vais récupéré l'équipe
p'tit ANGE et l'équipe KART
GHROUM PLOUFF GHROUM
voila bon vous resté
ici toute la journée pas
de bagarre et pas
de crisse colérique
je revien vous récupéré
a 20 h dont fait
attention à vaux
fessée voilà les
équipement de plongé GHROUM
A LA clinique JEANNE LE RET
BON grand numéro 4
j'ai 3 bonne nouvelles
a t'annoncer on vient
de fini de rembourssé
tous les crédits mais

voila je pense
qu'ont va maintenant
s'occuper des mini
crédit immobilier
on risque de réaménage
1 manoir sur QUIBERON ou
1 appartement ou manoir
pour le p'tit diable numéro 2
ils passe plus de temps
sur quiberon et
saint-pierre-quiberon
et ce devrait étre
plus facile pour
MADELEINE PALAUD et pour
toi aussie certes tu a
té équipe LOUSTI 1 et 2 mais
ils n'ont pas forcément
envie de l'aider et comme
ils sont en dépression ça
toi être compliqué.MERCIE
de cette attention mais
je pense que p'tit diable numéro 2
serait en bonne compagnie
aver p'tit numéro 8 dans sont
futur appartement pas
contre je rajouterais le 6
et 7 numéro qu'ils ya
dans ma 1 équipe.ONT
a trouvé 5 appartement
voila les dossiers
j'aurais besoin de tes
conseils pour choisir
laquelle et le
plus adapté ok.

CHAPITRE 12 DR COUTURIER et DR MOULES

GHROUM alor les filles
que vous arrive t ils.ON
souhaite avoir des males
dans notre équipes
vous avez 9 équipe de
males on et que constitué
d'équipe de filles
dont forcément pour
déplacé les borne
d'arcade 1 moment
sa merde.STOP on

vous confient les équipes.

KART
et LES 6 DIABLOTIN.

ça vous convient et les équipes.

ANGE NOIR

ENCRENOIR

BEAU-GOSSES

s'occupe
des hauberge

PALAUD

ANGEVIN

et celles des

JUMEAUX BOSSEUX

en contrepartie.Pas de problème.
ON vous mets à disposition
l'équipe LOUSTI 2 en prime
comme sa vous disposez
de suffisamment de mâles
D'ACCORD.ON garde l'équipe
LES 4 jumeaux maléfiques
il vont gardor
p'tit diable numéro 2.

CHAPITRE 13 fermeture travaux à la clinique JEANNE et JEANNETTE LE RET

OUF bon on vient de ferme
les 2 clinique pour des
gro travaux de renouvellement
de matérielle médicals en tous
cas elle et fermé pour 6 mois
histoire qu'ont la rénove
de A à Z pauvre p'tit
diable numéro 2 il va
devoir se tapé
ces parents pendant
6 mois en plus
aver les rapports

séxuelles et les
vidange douloureuse
en tous cas ils
ne pourra pas ce
plaindre qu'on
ne s'occupe pas
asséx de lui et
comp lui consacre
très peu de temps.
allée MUDOUME je
vais cherchés
les confiserie je
te retrouve a
la maison oubliée
pas d'allée cherchés
les mômes à la plage
OUI GRAND FRÈRE

3 HEURES PLUS TARD

GROUHM a table les
enfants en tous
cas vous avez pris
des couleurs GHROUM
WOUHA dr COUTURIER
et dr MOULES MUDOUME
je te rappelle qu'on
a rdv dont on ne peu
pas mangé avec les
enfants p'tit diable
numéro 2 tu vien
avez nous les filles
GHROUM on et ou.
EN russie p'tit diable
numéro 2 on et la
pour manger des
militaires pas les
soigner tu peu en
mangé autant que
tu veux mange incompris
les soldat ukrainiun
si tu en croise a
dans 9 heures GHROUM.

CHAPITRE 14 PLAGE DU FOZO

GHROUM OUFF on na
fait 1 peu les gro

GHROUM parfait
p'tit diable numéro 2
on rentre pas contre
2 suppositoires pour adultes
ont a été absent 4 jours
en tout cas essaye même
pas de t'enfuis je
pense que les dieux
de la mort ne
vont pas nous rappeler
à l'ordre pour 1 fois
qu'ont fait l'inverse.
ALLEE p'tit diable
numéro 2 on rentre
et la semaines
prochaine destination
le PAKISTAN ils
ya pleins de gens
a dévoré en
tous cas maintenant
qu'ont fait le boulot inverse.
LA semaine prochaine ils
faut qu'on amenez
l'équipe des 9 p'tit
diables et la semaines
d'aprés c'est les
p'tit diables numéro 1
et 3 pas contre sa
sera dans les UNITÉS
DE MALADIE DIFFICILE
sur le territoire
français il faut
bien faire 1 peu de place.

CHAPITRE 15 PAKISTAN ET TERRITOIRE FRANCAIS

GHROUM bon les équipe
9 p'tit diables vous
venez avec moi discrétion
le PAKISTAN on
rendre à 17 h ¨pas
de folie SEB LE RET
GHROUM bon
les p'tit diables
numéro 1 et 3 on
s'occupes des HP
de jours et des
UNITÉ POUR MALADE

DIFFICILE on rentre
avant 14 h 30.
AUBERGE PALAUD
BASTIEN Oui SEB tu
sais a quelle heures
rentrée l'équipe des
9 p'tit diable.EUX avant
18 h il me semble
en tous cas sa ce
vois que l'équipe LE RET
a commencé à faires
tu ménage sur terre
je déteste leurs boulot
actuelle vivement
que leurs clinique
médical réveils
reste 3 mois encore
de travaux en tous cas p'tit
diable numéro 2 tien
la forme en tous cas
il a énormément
d'énergie HUM je pense
SEB qu'on devrait
demandé à l'équipe LE RET
d'arrêter plus tôt que prévu

composition de couverture C O U D RIN

DÉPÔT LÉGAL 23 SEPTEMBRE 2 0 2 2

www.ingramcontent.com/pod-product-compliance
Ingram Content Group UK Ltd.
Pitfield, Milton Keynes, MK11 3LW, UK
UKHW021126260726
13994UKWH00001B/8